patates

patates

Laurence du Tilly

Photographies, Rina Nurra
Stylisme, Lissa Streeter

Avec la collaboration de Gaz de France

HACHETTE
Pratique

sommaire

je veux la recette !

Pelez les avocats et coupez-les en cubes / 100 g de saumon fumé / pommes de terre à chair ferme, fondantes et savoureuses / Si vous n'appréciez pas le piquant du piment / 1 oignon / LE TUYAU DE LAURENCE / Mixez avec la moutarde et le miel / Soupe nordique / 1 pincée de sel / Pâte à crêpes (pour environ 10 crêpes) / garnissez-les au fur et à mesure de la préparation / attention à ne pas trop saler avant ! / Le truc de Stéphan / Gratin de pommes de terre aux deux saumons / Préchauffez le four à 180 °C (th. 6) / incorporez-le à la crème / 1 couche de tomates, 1 couche de champignons, 1 couche de pommes de terre / Le verre de vin qui va bien / 1 BANCHE DE ROMARIN / Effet et succès garantis ! / La botte secrète d'Aude et Leslie / Boudin noir aux deux pommes / Préparation 20 min / allez-y, lancez-vous, vous allez adorer / sel et poivre du moulin / faites dorer les quartiers de pommes avec les échalotes / SAUCE CACAHUÈTE ET CORIANDRE / Les ingrédients pour 4 personnes / Versez sur le carpaccio de pommes de terre et daurade / Un beau sancerre ou un reuilly / 1 cuil. à soupe de vinaigre balsamique / de superbes vins aux arômes de fruits confits / Millefeuille de foie gras / ET POIVREZ-LES / Arrosez d'1 filet d'huile d'olive / 200 g de jeunes pousses d'épinard / Testez cette super recette / Dans un mixeur, hachez le bœuf cuit / et hop c'est prêt !

Salade de pommes de terre et petits pois à la menthe

PRÉPARATION 20 MIN | **CUISSON** 30 MIN | **COÛT** ★ | **DIFFICULTÉ** ★

→ CETTE PETITE SALADE AUX ACCENTS ANGLAIS EST SURPRENANTE ET TRÈS DÉLICATE. ELLE SE LAISSE VOLONTIERS DÉVORER AUX BEAUX JOURS, SURTOUT À L'ÉPOQUE DES PETITS POIS FRAIS SUR LES ÉTALS.

1 Émincez finement la menthe et versez-la dans un bol. Versez la crème liquide sur le dessus, salez, poivrez et placez au froid.

2 Lavez les pommes de terre et placez-les dans une casserole d'eau froide salée. Mettez sur le feu et comptez 15 min de cuisson à partir de l'ébullition. Égouttez et laissez refroidir. Mettez une casserole d'eau salée sur le feu, portez à ébullition et versez les petits pois surgelés. Laissez cuire 10 min et égouttez.

3 Versez 2 cuil. à soupe d'huile d'olive dans une poêle, mettez sur le feu puis faites frire les tranches de pancetta pour qu'elles soient croustillantes. Mettez à refroidir sur du papier absorbant.

4 Pelez les pommes de terre et versez-les dans un saladier. Ajoutez les petits pois et arrosez de crème à la menthe. Servez cette salade avec les tranches de pancetta croustillantes sur le dessus.

Les ingrédients pour 4 personnes

- 2 branches de menthe
- 15 cl de crème liquide
- 300 g de pommes de terre nouvelles
- 200 g de petits pois surgelés
- 8 tranches fines de pancetta
- huile d'olive pour la poêle
- sel et poivre

la botte secrète d'aude et leslie

Pour zapper l'étape de la poêle et aller plus vite, remplacez la pancetta par quelques tranches de speck coupées en morceaux (poitrine de porc fumé qu'on trouve dans les supermarchés).

le truc de stéphan

À faire aussi avec de la crème fraîche épaisse, dont le goût légèrement acide s'accorde parfaitement avec celui de la menthe.

Salade des Bermudes

PRÉPARATION 20 MIN | **CUISSON** 15 MIN | **COÛT** ★ | **DIFFICULTÉ** ★

→ POUR CETTE RECETTE CHOISISSEZ DES POMMES DE TERRE À CHAIR FERME, FONDANTES ET SAVOUREUSES, DU TYPE CHARLOTTE, AMANDINE, CHÉRIE, ETC.

1 Lavez les pommes de terre et plongez-les dans une grande casserole d'eau froide salée. Mettez sur le feu et comptez 15 min de cuisson à partir de l'ébullition. Égouttez, laissez refroidir puis pelez et coupez les pommes de terre en rondelles.

2 Émincez le saumon fumé. Pelez les avocats et coupez-les en cubes. Pelez les oranges et coupez chaque quartier en deux. Versez le tout dans un saladier avec les crevettes.

3 Dans un bol, préparez la vinaigrette en émulsionnant le jus d'orange, le vinaigre et l'huile. Salez, poivrez et ajoutez la ciboulette ciselée. Versez sur la salade et servez bien frais.

Les ingrédients pour 4 personnes

500 g de pommes de terre à chair ferme
100 g de saumon fumé
2 avocats
2 oranges
150 g de queues de crevettes roses cuites
1 cuil. à soupe de jus d'orange
2 cuil. à soupe de vinaigre
6 cuil. à soupe d'huile d'olive
2 cuil. à soupe de ciboulette ciselée
sel et poivre

le verre de vin qui va bien

Servez un entre-deux-mers juste frais.

Salade de supions aux olives

PRÉPARATION 20 MIN | **CUISSON** 25 MIN | **COÛT** ★★ | **DIFFICULTÉ** ★

→ J'ADORE CES PETITS SUPIONS, TOUT PETITS CALMARS QUE VOUS TROUVEREZ FACILEMENT EN BARQUETTE AU RAYON FRAIS À CÔTÉ DU TARAMA OU AU POIDS AU STAND TRAITEUR. VOUS POUVEZ ÉGALEMENT PRENDRE DE LA SALADE DE POULPES OU DE CALMARS.

1 Lavez les pommes de terre et plongez-les dans une grande casserole d'eau froide salée. Mettez sur le feu et comptez 15 min de cuisson à partir de l'ébullition. Égouttez, laissez refroidir puis pelez et coupez les pommes de terre en rondelles.

2 Mettez les petits pois à cuire 10 min dans une casserole d'eau bouillante salée et égouttez-les. Émincez les olives. Égouttez les petits poulpes. Versez tous ces ingrédients sur les pommes de terre.

3 Dans un bol, mélangez l'ail haché, la tapenade et l'huile d'olive. Salez, poivrez, ajoutez le piment d'Espelette et versez sur la salade de pommes de terre.

Les ingrédients pour 4 personnes

500 g de pommes de terre à chair ferme
100 g de petits pois surgelés
50 g d'olives noires dénoyautées
300 g de petits poulpes marinés à l'huile d'olive
2 gousses d'ail hachées
1 cuil. à soupe de tapenade noire
6 cuil. à soupe d'huile d'olive
1 pincée de piment d'Espelette
sel et poivre

la botte secrète d'aude et leslie

Pour d'autres saveurs, pensez à troquer les petits pois contre des fèves décortiquées surgelées. Miam !

le tuyau de laurence

Si vous n'appréciez pas le piquant du piment, remplacez-le par du paprika doux.

le truc de stéphan

À faire aussi avec des calmars frais juste sautés à la poêle et mélangés avec les pommes de terre au dernier moment.

Soupe orange

PRÉPARATION 15 MIN | **CUISSON** 30 MIN | **COÛT** ★ | **DIFFICULTÉ** ★

→ J'AVOUE AVOIR UNE TRÈS NETTE PRÉFÉRENCE POUR LES CAROTTES BIO. EN EFFET LES CAROTTES SONT DES RACINES ET ELLES PUISENT DIRECTEMENT DANS LE SOL, MIEUX VAUT DONC DES SOLS SANS TRAITEMENT ! SI VOUS N'AVEZ PAS DE CAROTTES BOTTE, PRENEZ DES CAROTTES VENDUES AU POIDS.

1 Pelez les pommes de terre et les carottes puis coupez-les en cubes. Versez-les dans une casserole avec le bouillon de volaille, l'oignon pelé et coupé en quatre ainsi que le bouquet garni. Couvrez et laissez cuire à feu doux 30 min.

2 Pendant ce temps, à la fourchette, mélangez le beurre avec les zestes d'orange.

3 Ôtez le bouquet garni et mixez la soupe. Si elle est un peu épaisse, allongez-la avec un peu d'eau. Goûtez et rectifiez l'assaisonnement en sel.

4 Versez dans des assiettes creuses et servez bien chaud avec 1 grosse noix de beurre à l'orange et un tour de moulin à poivre.

Les ingrédients pour 6 personnes

300 g de pommes de terre bintje ou BF15
1 botte de jeunes carottes
1 l de bouillon de volaille
1 oignon
1 bouquet garni
50 g de beurre demi-sel
le zeste fin de ½ orange non traitée
sel et poivre du moulin

la botte secrète d'aude et leslie

Pour une note *spicy*, ajoutez dans le bouillon 1 demi-cuil. à café de cumin en poudre.

le tuyau de laurence

Même si votre orange n'est pas traitée, n'hésitez pas à la frotter sous l'eau et à l'essuyer dans un torchon propre. Si vous êtes plutôt crème, faites la même chose avec 4 belles cuillerées de crème épaisse à la place du beurre.

Soupe de bintje, potiron et miel

PRÉPARATION 15 MIN | **CUISSON** 30 MIN | **COÛT** ★ | **DIFFICULTÉ** ★

→ BIEN ENTENDU VOUS POUVEZ REMPLACER LES BINTJES PAR UNE AUTRE VARIÉTÉ DE POMMES DE TERRE À CHAIR DITE « FARINEUSE ». CE TYPE DE POMME DE TERRE A UNE CHAIR QUI SE DÉFAIT À LA CUISSON ET QUI CONVIENT DONC AUX RECETTES DE SOUPES, PURÉES ET POUR LA CUISSON AU FOUR. CHOISISSEZ-LES PARMI LES MANON, EUROPA, MONALISA, AGATA, ETC.

1 Pelez vos pommes de terre et coupez-les en quatre. Coupez la chair de potiron en cubes. Placez le tout dans une grande casserole et arrosez de bouillon de volaille. Mettez sur le feu et faites cuire 30 min.

2 Mixez avec la moutarde et le miel pour obtenir un mélange onctueux. Salez, poivrez et laissez chauffer à feu doux avant de servir.

3 Servez bien chaud avec les croûtons et la mimolette râpée.

Les ingrédients pour 4 personnes

- 500 g de bintjes
- 1 kg de chair de potiron
- 1 l de bouillon de volaille
- 1 cuil. à soupe de moutarde forte
- 3 cuil. à soupe de miel liquide
- 1 sachet de croûtons
- 100 g de mimolette
- sel et poivre du moulin

le tuyau de laurence

Vous pouvez faire cette soupe avec de la moutarde à l'ancienne ; dans ce cas augmentez légèrement la quantité. Goûtez et ajustez si nécessaire.

le truc de stéphan

À faire aussi avec du potimarron, dont la chair sucrée fera sensation.

Soupe nordique

PRÉPARATION 15 MIN | **CUISSON** 25 MIN | **COÛT** ★★ | **DIFFICULTÉ** ★

→ VOUS SEREZ SUREMENT SURPRIS DE VOIR DU CONCOMBRE DANS UNE RECETTE DE SOUPE CHAUDE. POURTANT CE LÉGUME SUPPORTE TRÈS BIEN LA CUISSON, QUI LE REND BEAUCOUP PLUS DIGESTE ET TRÈS DOUX AU GOÛT.

1 Pelez les pommes de terre, le concombre et l'oignon. Coupez-les en grosses rondelles et versez-les dans une casserole, couvrez d'eau froide salée et laissez cuire 20 min à couvert. Conservez 10 cl de bouillon de cuisson. Égouttez et mixez avec le lait, le bouillon et la crème. Poivrez généreusement puis ajoutez la ciboulette ciselée.

2 Émincez finement le haddock et mélangez-le à la soupe. Placez sur le feu et laissez cuire 5 min à feu doux.

3 Servez bien chaud saupoudré d'aneth ciselé.

Les ingrédients pour 4 personnes

- 300 g de pommes de terre à purée type bintje
- 1 concombre
- 1 oignon
- 20 cl de lait
- 10 cl de crème liquide
- ½ botte de ciboulette
- 400 g de haddock fumé
- 2 branches d'aneth
- poivre

la botte secrète d'aude et leslie

Pour rendre cette délicieuse soupe encore plus gourmande, servez-la avec des mouillettes de tapenade. *So delicious !*

le tuyau de laurence

Si vous avez du mal à trouver du haddock ou si vous n'en êtes tout simplement pas dingue, remplacez-le par du saumon fumé. Celui qui est vendu en « lardons » est idéal.

Velouté de concombre à la menthe et pommes de terre au curry

PRÉPARATION 20 MIN | **CUISSON** 15 MIN | **COÛT** ★ | **DIFFICULTÉ** ★

→ CETTE FOIS-CI LES CONCOMBRES SONT CRUS ET LA SOUPE FROIDE. C'EST UNE RECETTE AGRÉABLE ET TRÈS RAFRAICHISSANTE.

1 Placez vos pommes de terre dans une casserole d'eau froide salée. Mettez sur le feu et laissez cuire 15 min à compter de l'ébullition. Passez-les sous l'eau froide et égouttez-les. Pelez les pommes de terre froides et coupez-les en cubes. Versez l'huile d'olive et le curry dans un plat creux et mettez les cubes de pommes de terre à mariner le temps de préparer le velouté de concombre.

2 Lavez les concombres et essuyez-les. Coupez-les en tronçons et versez-les dans le bol du mixeur. Ajoutez le jus de citron, les yaourts grecs, le lait fermenté et les feuilles de menthe. Mixez pour obtenir un mélange lisse et onctueux. Salez et poivrez.

3 Versez dans des bols et répartissez les cubes de pommes de terre marinés. Servez bien frais.

Les ingrédients pour 4 personnes

100 g de pommes de terre à chair ferme
4 cuil. à soupe d'huile d'olive
1 cuil. à soupe rase de curry
2 concombres
le jus de 1 citron
3 yaourts grecs
25 cl de lait fermenté
½ bouquet de menthe
sel et poivre du moulin

la botte secrète d'aude et leslie

Nous, on adore ajouter des petits morceaux de poulet poêlés au curry sur le dessus.

le tuyau de laurence

Vous pouvez garder cette note exotique en remplaçant la menthe par de la coriandre.

le truc de stéphan

Servez cette soupe bien chaude en y ajoutant, au dernier moment et dans les assiettes de service, quelques queues de crevettes bien poivrées et sautées à la poêle.

Terrine de maquereaux aux pommes de terre

PRÉPARATION 40 MIN | **CUISSON** 15 MIN | **RÉFRIGÉRATION** 6 H | **COÛT** ★ | **DIFFICULTÉ** ★★

→ J'AI GOÛTÉ CETTE RECETTE LORS D'UN REPORTAGE SUR LE VIN DANS LA RÉGION DE SÈTE. IDÉALE À PRÉPARER L'ÉTÉ, SURTOUT SI VOUS AVEZ COMME MOI UN BEAU-FRÈRE QUI ADORE PÊCHER LE MAQUEREAU DANS LES EAUX NORMANDES !

1 Mettez les pommes de terre dans une casserole d'eau froide additionnée de gros sel, portez à ébullition et laissez cuire 15 min. Vérifiez la cuisson avec la pointe d'un couteau. Égouttez et laissez refroidir. Pelez les pommes de terre et coupez-les en rondelles assez fines.

2 Préparez le fumet de poisson : versez dans une casserole le vin blanc, 75 cl d'eau, le thym, le laurier, la carotte pelée et coupée en bâtonnets, l'oignon pelé et coupé en quatre, les gousses d'ail pelées, le poivre et le sel. Portez à ébullition et versez immédiatement dans un plat creux sur les maquereaux. Laissez refroidir.

3 Sortez les maquereaux et épluchez-les en prenant soin de bien lever les filets. Réservez.

4 Passez le fumet à travers une passoire fine, versez dans une casserole et portez à ébullition. Laissez réduire le liquide de moitié. Ajoutez dans la casserole les feuilles de gélatine préalablement trempées 10 min dans l'eau froide et essorées. Laissez refroidir.

5 Montez la terrine dans un plat à cake en commençant par une couche de gelée obtenue avec le fumet. Laissez prendre 10 min au réfrigérateur. Continuez le montage de la terrine avec une couche de pommes de terre, une couche de maquereaux et une couche de gelée, et ainsi de suite. Laissez prendre au réfrigérateur 6 h minimum.

Les ingrédients pour 6 personnes

500 g de pommes de terre
25 cl de vin blanc
3 branches de thym
1 branche de laurier
1 carotte
1 oignon
3 gousses d'ail
6 petits maquereaux vidés
4 feuilles de gélatine
1 cuil. à café de gros sel
sel et poivre

le verre de vin qui va bien

Ouvrez une bouteille de santenay blanc, délicieux vin de la Côte de Beaune.

Sushis de rattes au foie gras

PRÉPARATION 20 MIN | **CUISSON** 10 MIN | **COÛT** ★★ | **DIFFICULTÉ** ★

MATÉRIEL SPÉCIFIQUE PIQUES EN BOIS

→ CETTE RECETTE EN JETTE ET FRANCHEMENT, ELLE EST VRAIMENT SUPER FACILE À FAIRE. VOUS POUVEZ REMPLACER LES RATTES PAR DES PETITES POMMES DE TERRE PRIMEUR, DU MOMENT QU'ELLES ONT LA TAILLE D'UNE BOUCHÉE !

1 Plongez les rattes dans une casserole d'eau froide salée. Portez à ébullition et laissez cuire 10 min. Égouttez et laissez bien refroidir. Pelez-les délicatement et coupez-les en deux dans la longueur.

2 Pelez la mangue et détaillez de fines lamelles de la taille des rattes.

3 Recouvrez chaque moitié de pomme de terre d'une fine lamelle de mangue et d'un petit morceau de foie gras. Saupoudrez de fleur de sel, de graines de pavot et donnez un tour de moulin à poivre. Maintenez avec un pique en bois.

Les ingrédients pour 4 à 6 personnes

500 g de rattes
1 mangue
1 petit bloc de 200 g de foie gras
fleur de sel
1 cuil. à soupe de graines de pavot (facultatif)
poivre du moulin

le tuyau de laurence

Vous avez plein de possibilités pour remplacer la mangue : confiture d'oignons, de figues, fines lamelles de figue fraîche, de poire, abricot sec, etc.
La chose à ne pas oublier, c'est le tour de moulin à poivre.

le verre de vin qui va bien

Un verre de sauternes, bien sûr...

Barquettes aux œufs de saumon

PRÉPARATION 25 MIN | **CUISSON** 20 MIN | **COÛT** ★★ | **DIFFICULTÉ** ★

1 Lavez les pommes de terre et mettez-les dans une grande casserole d'eau froide salée. Portez à ébullition et laissez cuire 15 min. Égouttez et laissez tiédir. Préchauffez votre four à 150 °C (th. 5).

2 Coupez les pommes de terre en deux dans la longueur et évidez-les à moitié. Mettez la chair des pommes de terre dans un grand bol, ajoutez la crème, l'huile de noisette, la ciboulette et le jus de citron. Mélangez de façon homogène, salez et poivrez. Garnissez les demi-pommes de terre de ce mélange.

3 Faites tiédir les pommes de terre dans un four à 150 °C (th. 5). Sortez le plat et garnissez les pommes de terre d'œufs de saumon. Servez aussitôt.

Les ingrédients pour 4 personnes

6 pommes de terre à chair ferme de taille moyenne
2 cuil. à soupe de crème fraîche épaisse
1 cuil. à soupe d'huile de noisette
2 cuil. à soupe de ciboulette ciselée
2 cuil. à soupe de jus de citron
100 g d'œufs de saumon
sel et poivre du moulin

la botte secrète d'aude et leslie

L'esprit des barquettes est tellement sympa… Customisez-les selon vos envies ; et pourquoi pas lichette de fromage à raclette + bresaola (à la place de la garniture) ? Ou brie + jambon de Parme… À vous de trouver votre bonne association mais en tout cas, vous allez vous régaler !

le tuyau de laurence

Vous pouvez remplacer les œufs de saumon par des œufs de truite ou de lompe moins onéreux, et l'huile de noisette par une bonne huile d'olive très fruitée.

le truc de stéphan

Si vous n'aimez pas les œufs de saumon, remplacez-les par des tranches de poisson fumé coupées en lanières.

Bouchées d'amandines, feta et jambon sec

PRÉPARATION 15 MIN | **CUISSON** 15 MIN | **COÛT** ★ | **DIFFICULTÉ** ★

→ EXTRA POUR L'APÉRITIF, CES PETITES BROCHETTES SONT RAPIDES À PRÉPARER ET EN SURPRENDRONT PLUS D'UN.

1 Placez vos pommes de terre dans une casserole d'eau froide salée. Mettez sur le feu et laissez cuire 15 min à partir de l'ébullition. Passez-les sous l'eau froide et égouttez-les. Pelez et coupez les pommes de terre en rondelles.

2 Coupez la feta en cubes. Confectionnez les petites brochettes en alternant rondelles de pommes de terre et cubes de feta. Poivrez. Enroulez ces brochettes dans une lanière de jambon sec et disposez sur un plat pour servir.

Les ingrédients pour 4 personnes

3 pommes de terre moyennes de type amandine
100 g de feta
6 tranches de jambon sec
poivre du moulin

le tuyau de laurence

Vous pouvez remplacer la feta par des petites boules de mozzarella, des cubes de comté ou de mimolette, voire même par des Apéricubes au parfum de votre choix !

le verre de vin qui va bien

Allez vers un rouge espagnol bien en chair.

Millefeuilles de charlottes, concombre et chèvre cendré

PRÉPARATION 15 MIN | **CUISSON** 15 MIN | **COÛT** ★ | **DIFFICULTÉ** ★

1 Placez vos pommes de terre dans une casserole d'eau froide salée. Mettez sur le feu et laissez cuire 15 min à compter de l'ébullition. Passez-les sous l'eau froide et égouttez-les.

2 Lavez le concombre, séchez-le et coupez de fines lamelles légèrement en biais. Détaillez délicatement la bûche de chèvre cendré en lamelles de 5 mm d'épaisseur environ. Pelez les pommes de terre et coupez-les en fines lamelles dans la longueur.

3 Montez les millefeuilles en alternant les lamelles de pommes de terre, les tranches de chèvre, les lamelles de concombre et le tsatsiki. Salez et poivrez légèrement à chaque couche. Décorez avec des herbes : cerfeuil, ciboulette, etc.

Les ingrédients pour 4 personnes

5 pommes de terre à chair ferme de type charlotte
1 concombre
100 g de chèvre cendré
4 cuil. à soupe de tsatsiki
cerfeuil, ciboulette, etc.
sel et poivre du moulin

le tuyau de laurence

Vous pouvez agrémenter et enrichir cette recette avec un lit de roquette et quelques lamelles de poire.

le verre de vin qui va bien

Un muscadet-sèvre-et-maine.

recettepourépater...

Millefeuilles de foie gras

PRÉPARATION 20 MIN | **CUISSON** 20 MIN | **COÛT** ★★★ | **DIFFICULTÉ** ★

1 Placez vos pommes de terre dans une casserole d'eau froide salée. Mettez sur le feu et laissez cuire 15 min à compter de l'ébullition. Passez-les sous l'eau froide et égouttez-les.

2 Passez les asperges sous l'eau, coupez la base sur 5 cm et plongez-les dans une casserole d'eau salée à ébullition. Laissez cuire 3 min puis égouttez-les. Fendez-les dans la longueur. Pelez et coupez en rondelles les pommes de terre refroidies.

3 Mettez une poêle à chauffer avec 1 cuil. à soupe d'huile d'olive puis déposez-y les tranches de pancetta. Laissez-les frire 1 min de chaque côté puis déposez-les sur du papier absorbant.

4 Coupez 4 tranches de 5 mm d'épaisseur dans votre bloc de foie gras et poivrez-les. Taillez votre truffe en fines lamelles.

5 Garnissez de salade le fond de vos deux assiettes puis déposez des asperges, des rondelles de pommes de terre et recouvrez d'1 tranche de foie gras et d'1 tranche de pancetta frite. Renouvelez une fois l'opération et terminez par quelques lamelles de truffes. Arrosez d'1 filet d'huile d'olive et servez très vite pour que le foie gras ne s'oxyde pas.

Les ingrédients pour 2 personnes

4 pommes de terre à chair ferme
10 asperges vertes
4 tranches de pancetta
1 petit bloc de foie gras de canard de 200 g environ
1 petite truffe
1 belle poignée de salade (pourpier, roquette, pousse d'épinard, etc.)
huile d'olive
sel et poivre

le verre de vin qui va bien

Dégustez cette belle recette avec un rouge de tempérament comme le saint-estèphe. Évitez ici les vins doux.

Salade savoyarde

PRÉPARATION 20 MIN | **CUISSON** 20 MIN | **COÛT** ★★ | **DIFFICULTÉ** ★

→ C'EST LE TYPE DE SALADE QUI FAIT PLAT UNIQUE LE DIMANCHE SOIR. J'ADORE LA PRÉPARER POUR MES POTES.

1 Lavez les pommes de terre et mettez-les avec leur peau dans une casserole d'eau froide salée. Mettez sur le feu et comptez 15 min de cuisson dès le début de l'ébullition. Égouttez les pommes de terre et laissez-les refroidir avant de les peler et de les couper en rondelles. Versez dans un saladier.

2 Coupez vos tranches de pain de campagne en petits carrés. Mettez une poêle à chauffer avec 2 cuil. à soupe d'huile d'olive. Faites dorer les morceaux de pain puis déposez-les sur du papier absorbant.

3 Coupez la tomme en dés et versez-la dans le saladier. Ajoutez les pousses d'épinard, les croûtons de pain et les pignons.

4 Faites chauffer votre poêle (débarrassée de l'huile des croûtons) et faites-y revenir les lardons. Retournez-les régulièrement. Quand ils sont bien dorés, ajoutez le vinaigre et remuez bien avec une cuillère en bois pour décoller les sucs de cuisson du fond de la poêle. Laissez tiédir avant de verser sur la salade. Ajoutez 4 cuil. à soupe d'huile d'olive, salez, poivrez, mélangez et servez.

Les ingrédients

500 g de pommes de terre à chair ferme
3 tranches de pain de campagne
50 g de tomme
200 g de jeunes pousses d'épinard
2 cuil. à soupe de pignons de pin
200 g de lardons
2 cuil. à soupe de vinaigre de cidre
6 cuil. à soupe d'huile d'olive
sel et poivre du moulin

la botte secrète d'aude et leslie

Testez cette super recette avec du cresson à la place des pousses d'épinard.

le tuyau de laurence

Cette salade peut varier en fonction des fromages que vous y mettez : mimolette, parmesan, comté, etc. Vous pouvez également remplacer les pignons de pin par des noix ou des noisettes, et ajouter de la ciboulette ciselée ou des échalotes.

Salade de pommes de terre au sashimi

PRÉPARATION 15 MIN | **CUISSON** 15 MIN | **RÉFRIGÉRATION** 30 MIN | **COÛT** ★★ | **DIFFICULTÉ** ★

1 Lavez les pommes de terre et mettez-les avec leur peau dans une casserole d'eau froide salée. Mettez sur le feu et comptez 15 min de cuisson dès le début de l'ébullition. Égouttez les pommes de terre et laissez-les refroidir avant de les peler et de les couper en rondelles. Versez dans un saladier.

2 Dans un bol, battez la sauce d'huître, le vinaigre balsamique, les huiles et 2 cuil. à soupe d'eau. Salez et poivrez.

3 Détaillez le poisson en lamelles. Coupez le concombre en deux dans le sens de la longueur, épépinez-le et coupez-le en petits cubes. Ciselez la ciboule. Ajoutez aux pommes de terre. Arrosez de sauce, mélangez et mettez au frais 30 min avant de servir.

4 Ajoutez le sésame et les œufs de saumon au moment de servir.

Les ingrédients pour 4 personnes

400 g de pommes de terre à chair ferme
1 ½ cuil. à soupe de sauce d'huître
2 cuil. à café de vinaigre balsamique
2 cuil. à soupe d'huile de sésame
2 cuil. à soupe d'huile d'olive
200 g de filet de saumon ultrafrais
200 g de thon rouge ultrafrais
1 concombre
4 brins de ciboule
1 cuil. à soupe de graines de sésame
100 g d'œufs de saumon
sel et poivre

Astuce_ Vous pouvez remplacer la ciboule par de la ciboulette.

la botte secrète d'aude et leslie

Pour les amateurs de sensations fortes, ajoutez dans la sauce un peu de wasabi (pâte verte des restos japonais qui est en fait du raifort).

le tuyau de laurence

Pour le poisson, veillez à ce qu'il soit vraiment ultrafrais ; vous pouvez l'acheter surgelé si vous avez des doutes.

le verre de vin qui va bien

Servez un bon bergerac sec avec cette superbe salade.

Salade gourmande au maïs

PRÉPARATION 20 MIN | **CUISSON** 15 MIN | **COÛT** ★ | **DIFFICULTÉ** ★

1 Lavez les pommes de terre et mettez-les avec leur peau dans une casserole d'eau froide salée. Mettez sur le feu et comptez 15 min de cuisson dès le début de l'ébullition. Égouttez les pommes de terre et laissez-les refroidir avant de les peler et de les couper en rondelles. Versez dans un saladier.

2 Rincez le maïs à l'eau froide et égouttez-le. Lavez les tomates cerises et le concombre à l'eau claire.

3 Détaillez les avocats et la mimolette en dés. Coupez les tomates cerises en quatre et le concombre en fines lamelles. Faites de fines lanières de jambon de Parme.

4 Dans un saladier, préparez l'assaisonnement en mélangeant le vinaigre, l'huile d'olive, du sel et du poivre. Ajoutez les pommes de terre, le maïs, les tomates, les dés d'avocat et de mimolette, les fines tranches de concombre et les lanières de jambon. Ciselez quelques herbes et mélangez. Servez froid.

Les ingrédients pour 4 à 6 personnes

500 g de pommes de terre à chair ferme
250 g de maïs
12 tomates cerises
1 concombre
2 avocats
100 g de mimolette
6 tranches fines de jambon de Parme
1 cuil. à soupe de vinaigre
4 cuil. à soupe d'huile d'olive
herbes
sel et poivre

le tuyau de laurence

N'hésitez pas à augmenter si besoin la quantité de vinaigrette car certaines pommes de terre absorbent beaucoup... et les goûts varient.

Tourte parmentière à la tomate

PRÉPARATION 20 MIN | **CUISSON** 40 MIN | **COÛT** ★ | **DIFFICULTÉ** ★

Les ingrédients pour 4 personnes

- 500 g de pommes de terre à chair ferme
- 4 tomates
- 1 oignon
- 1 petite branche de thym
- 250 g de bœuf cuit
- 2 rouleaux de pâte feuilletée
- 1 cuil. à soupe de moutarde
- 20 g de beurre pour la poêle
- sel et poivre

1 Lavez les pommes de terre et mettez-les avec leur peau dans une casserole d'eau froide salée. Mettez sur le feu et comptez 15 min de cuisson dès le début de l'ébullition. Égouttez les pommes de terre et laissez-les refroidir avant de les peler et de les couper en rondelles.

2 Coupez les tomates en huit, ôtez les pépins. Mettez une poêle à chauffer avec le beurre, faites-y revenir les tomates avec l'oignon coupé en lamelles et le thym, jusqu'à ce qu'elles aient rendu toute leur eau. Ôtez le thym et versez la préparation dans un mixeur pour en faire une purée. Versez dans un saladier.

3 Dans un mixeur, hachez le bœuf cuit puis mélangez-le à la purée de tomate.

4 Étalez le premier rouleau de pâte feuilletée dans un moule à tourte et badigeonnez le fond de moutarde. Recouvrez avec les rondelles de pommes de terre, salez et poivrez. Recouvrez ensuite avec la viande hachée. Terminez enfin en étalant le second rouleau de pâte feuilletée sur le dessus. Soudez les bords en les pinçant. Faites une incision au milieu de la tourte pour la cuisson.

5 Mettez à cuire dans votre four à 175 °C (th. 5-6) pendant 40 min.

le tuyau de laurence

Vous trouverez du bœuf cuit au rayon boucherie, sinon vous pouvez utiliser des restes de pot-au-feu ou de blanquette de veau.

le verre de vin qui va bien

Un bon rosé de Provence (oui, cela existe !!!), pas trop frais.

Écrasée de pommes de terre au crabe

PRÉPARATION 30 MIN | **CUISSON** 15 MIN | **COÛT** ★★ | **DIFFICULTÉ** ★

1 Lavez les pommes de terre et mettez-les avec leur peau dans une casserole d'eau froide salée. Mettez sur le feu et comptez 15 min de cuisson dès le début de l'ébullition. Égouttez les pommes de terre puis pelez-les sans vous brûler.

2 Écrasez les pommes de terre à la fourchette tant qu'elles sont encore tièdes. Salez, poivrez et saupoudrez de ciboulette ciselée. Arrosez d'1 filet d'huile d'olive et mélangez bien.

3 À l'aide d'un cercle métallique, disposez les pommes de terre dans les assiettes et recouvrez de chair de crabe.

4 Fouettez la crème fleurette bien froide pour qu'elle devienne mousseuse comme une chantilly. Salez et poivrez.

5 Servez les timbales de pommes de terre au crabe avec la crème fouettée et le citron vert coupé en quartiers.

Les ingrédients pour 4 personnes

300 g de pommes de terre à chair ferme
15 brins de ciboulette
1 filet d'huile d'olive
200 g de chair de crabe
15 cl de crème fleurette
1 citron vert
sel et poivre

la botte secrète d'aude et leslie

Testez cette variante : mélangez 100 g de chair de crabe avec 150 g de crevettes roses décortiquées, 1 demi-Saint Môret et 4 pincées de piment de Cayenne en poudre. Ajoutez le tout sur les pommes de terre et hop, c'est prêt !

le tuyau de laurence

Pour un plat moins onéreux, achetez des miettes de surimi. Et pour un résultat dingue, récupérez la chair d'un tourteau.

le verre de vin qui va bien

Un gros-plant assez frais.

Crêpes parmentières

PRÉPARATION 20 MIN | **REPOS** 30 MIN | **CUISSON** 30 MIN | **COÛT** ★ | **DIFFICULTÉ** ★★

→ LES ENFANTS ADORENT ÇA... ET PAS SEULEMENT EUX D'AILLEURS !

1 Mélangez les ingrédients de la pâte à crêpes dans une jatte et remuez pour obtenir une pâte bien lisse. Laissez reposer 30 min.

2 Pendant ce temps, préparez la garniture. Mélangez dans un saladier les pommes de terre épluchées et râpées, le jambon blanc détaillé en lanières, les œufs, la crème et le gruyère râpé. Versez dans une poêle beurrée et faites cuire en remuant régulièrement jusqu'à ce que la préparation soit dorée. Réservez au chaud.

3 Préparez vos crêpes et garnissez-les au fur et à mesure avec la préparation de pommes de terre. Pliez en quatre et servez chaud.

Les ingrédients pour 4 personnes

Pâte à crêpes (pour environ 10 crêpes)

125 g de farine
1 pincée de sel
3 œufs
25 cl de lait
30 g de beurre fondu
+ 20 g pour la cuisson

Garniture

3 belles pommes de terre
2 tranches de jambon blanc
2 œufs
2 cuil. à soupe de crème fraîche
50 g de gruyère râpé
un peu de beurre pour la poêle

le tuyau de laurence

Si vous n'avez pas le temps de faire des crêpes « maison », achetez des galettes de sarrasin en grande surface. Ne choisissez pas les crêpes de froment car elles seront déjà sucrées.

Tartiflette

PRÉPARATION 20 MIN | **CUISSON** 20 MIN | **COÛT** ★ | **DIFFICULTÉ** ★

Les ingrédients pour 4 personnes

- 500 g de pommes de terre à chair ferme
- 2 oignons
- 150 g de lardons
- 2 cuil. à soupe de vin blanc
- ½ reblochon
- 10 g de beurre pour la poêle
- sel et poivre

1 Lavez les pommes de terre et mettez-les avec leur peau dans une casserole d'eau froide salée. Mettez sur le feu et comptez 15 min de cuisson dès le début de l'ébullition. Égouttez les pommes de terre puis laissez-les refroidir avant de les peler et de les couper en rondelles. Versez dans un plat allant au four. Préchauffez votre four à 200 °C (th. 6-7).

2 Pelez les oignons et émincez-les. Faites-les revenir dans une poêle avec le beurre. Quand ils deviennent translucides, ajoutez les lardons, mélangez et laissez cuire 3 min. Salez et poivrez. Ajoutez le vin blanc et laissez cuire à nouveau 2 min.

3 Versez le tout sur les pommes de terre, mélangez délicatement puis recouvrez de lamelles de reblochon débarrassées de leur croûte.

4 Enfournez pour 20 min de cuisson. Servez chaud.

la botte secrète d'aude et leslie

Pensez à frotter le fond du plat à gratin avec 1 demi-gousse d'ail. Ça apporte un petit goût inimitable.

le tuyau de laurence

Servez avec une salade verte. Petite note pour les puristes : vous pouvez faire sauter vos pommes de terre avant de les mettre dans le plat. Je ne vous cache pas que c'est quand même beaucoup plus riche !

le verre de vin qui va bien

Un blanc de la Savoie : Mondeuse, Roussette, etc.

Confit de canard aux pommes de terre

PRÉPARATION 15 MIN | **CUISSON** 45 MIN | **COÛT** ★ | **DIFFICULTÉ** ★

Les ingrédients pour 4 personnes

20 petites pommes de terre rattes

2 oignons

4 cuisses de canard en confit

persil plat

sel et poivre du moulin

1 Mettez votre four à préchauffer à 180 °C (th. 6).

2 Épluchez les pommes de terre. Pelez les oignons et coupez-les en quatre. Disposez les cuisses de canard avec leur graisse dans un plat allant au four. Entourez-les des pommes de terre et des oignons.

3 Enfournez pour 45 min de cuisson. Arrosez les pommes de terre et les oignons avec la graisse de canard 2 ou 3 fois en cours de cuisson. Salez et poivrez à la fin de la cuisson. Servez bien chaud saupoudré de persil ciselé.

le tuyau de laurence

C'est vraiment délicieux de saupoudrer le tout de fleur de sel au moment de servir. Dans ce cas, attention à ne pas trop saler avant !

le verre de vin qui va bien

Un bergerac rouge.

Gratin de pommes de terre aux deux saumons

PRÉPARATION 20 MIN | **CUISSON** 1 H 15 | **COÛT** ★ | **DIFFICULTÉ** ★

→ LES POMMES DE TERRE IDÉALES POUR LES GRATINS SONT, DE FAÇON NON EXHAUSTIVE, LES MONALISA, AGATA, SAMBA, ETC.

1 Mettez votre four à préchauffer à 150 °C (th. 5).

2 Épluchez les pommes de terre et coupez-les en fines lamelles sans les laver pour qu'elles ne rendent pas leur amidon. Mettez-les dans une terrine, salez et poivrez. Mélangez avec les doigts pour répartir l'assaisonnement.

3 Coupez le saumon frais et le saumon fumé en petits dés sans les mélanger.

4 Beurrez un plat à gratin. Disposez successivement une couche de pommes de terre, une couche de saumon fumé, une couche de pommes de terre, une couche de saumon frais, puis une dernière couche de pommes de terre. Versez la crème de façon homogène.

5 Mettez au four à 150 °C (th. 5) pendant 1 h 15. Quelques minutes avant la fin de cuisson, augmentez la puissance du four pour dorer le dessus du gratin.

Les ingrédients pour 4 à 6 personnes

1 kg de pommes de terre
300 g de saumon fumé
300 g de saumon frais
½ l de crème liquide
30 g de beurre pour le plat
sel et poivre du moulin

la botte secrète d'aude et leslie

Pour une version mini-budget, optez pour un *mix* de truite fumée et de filet de julienne.

le truc de stéphan

Pas mal non plus avec de la morue ou du haddock.

Hachis Parmentier

PRÉPARATION 25 MIN | **CUISSON** 20 MIN | **COÛT** ★ | **DIFFICULTÉ** ★

→ VOILÀ UN SOUVENIR D'ENFANCE, TELLEMENT MEILLEUR AVEC DU BŒUF CUIT OU DES RESTES DE VIANDES CUISINÉES COMME LE POT-AU-FEU OU LA BLANQUETTE. VOUS POUVEZ AUSSI AJOUTER UN PEU DE BONNE CHAIR À SAUCISSE, MAIS NE METTEZ PAS QUE ÇA, VOUS OBTIENDREZ UN HACHIS UN PEU SEC.

1 Préchauffez le four à 220 °C (th. 7-8).

2 Lavez les pommes de terre et plongez-les dans une grande casserole d'eau froide salée. Mettez sur le feu et comptez 15 min de cuisson à compter des premiers signes d'ébullition. Égouttez et épluchez vos pommes de terre dès qu'elles ne sont plus brûlantes. Écrasez-les alors au presse-purée avec 150 g de beurre coupé en dés puis ajoutez progressivement la crème liquide bien chaude tout en mélangeant.

3 Pelez et émincez les oignons. Coupez les tomates en dés. Hachez le bœuf cuit.

4 Mettez une poêle à chauffer avec l'huile d'olive puis faites revenir les oignons. Quand ils sont blonds, ajoutez les dés de tomate et le bœuf cuit. Laissez cuire 5 min.

5 Beurrez votre plat à gratin puis versez-y la viande. Recouvrez de purée, parsemez le dessus de noisettes de beurre avec les 30 g restant et saupoudrez de chapelure.

6 Mettez au four à 220 °C (th. 7-8) jusqu'à ce que le dessus soit doré (20 min environ).

Les ingrédients pour 4 personnes

800 g de pommes de terre de type bintje
180 g de beurre
+ un peu pour le plat à gratin
25 cl de crème liquide
2 oignons
2 tomates
500 g de bœuf cuit
(acheté chez votre boucher)
2 cuil. à soupe de chapelure
2 cuil. à soupe d'huile d'olive pour la poêle
sel et poivre du moulin

le tuyau de laurence

J'avoue, quand je suis pressée, je fais mon hachis avec de la purée en flocons !!!

le verre de vin qui va bien

Connaissez-vous les marcillac ? Ce sont de beaux rouges élevés en moyenne Garonne. Ils seront parfaits avec ce Parmentier.

Parmentier de canard aux deux pommes

PRÉPARATION 20 MIN | **CUISSON** 15 MIN | **COÛT** ★ | **DIFFICULTÉ** ★

→ LA POMME ET LA POMME DE TERRE SE MARIENT À MERVEILLE ; CE N'EST DONC PAS PAR HASARD QU'ELLES PORTENT PRESQUE LE MÊME NOM ! CHOISISSEZ DES POMMES DE TYPE GOLDEN OU PINK LADY POUR LEUR TENUE À LA CUISSON.

1 Placez les cuisses de confit de canard dans à plat à four et laissez-les cuire selon le mode indiqué. À la fin de la cuisson, émiettez la chair.

2 Pelez les pommes de terre, coupez-les grossièrement et mettez-les dans une casserole avec de l'eau froide salée. Portez à ébullition et laissez cuire 15 min. Égouttez. Remettez les pommes de terre dans la casserole, écrasez-les et ajoutez le lait bouillant et 50 g de beurre coupé en petits morceaux. Salez, poivrez puis réservez.

3 Pelez et épépinez les pommes puis coupez-les en cubes. Mettez les 10 g de beurre restant dans une poêle et faites sauter les pommes 10 min. Poivrez et saupoudrez du mélange cuatre-épices.

4 Préparez votre Parmentier en tapissant de purée le fond de votre plat préalablement beurré. Recouvrez de viande puis terminez par une couche de pommes. Passez 15 min dans un four préchauffé à 180 °C (th. 6).

Les ingrédients pour 4 personnes

2 cuisses de confit de canard
500 g de pommes de terre à purée (type bintje)
10 cl de lait
60 g de beurre + 1 noix pour le plat
500 g de pommes (type golden ou pink lady)
1 pointe de couteau de mélange quatre-épices
sel et poivre

le tuyau de laurence

Vous trouverez du confit de canard en conserve, en bocal et même en surgelé. Référez-vous au mode de préparation (temps de cuisson et température du four) qui sera précisé sur l'emballage.

le verre de vin qui va bien

Un bon cahors. Certaines bouteilles sont vraiment intéressantes.

Raclette express

PRÉPARATION 10 MIN | **CUISSON** 20 MIN | **COÛT** ★★ | **DIFFICULTÉ** ★

→ À LA MAISON, ON EN EST TOUS DINGUES. C'EST FACILE, RAPIDE, DÉLICIEUX... ET N'IMPLIQUE PAS D'AVOIR UN APPAREIL À RACLETTE CHEZ SOI !

1 Mettez votre four à chauffer 10 min à 180 °C (th. 6). Enfournez votre mont-d'or pour 20 min.

2 Pendant ce temps, lavez vos pommes de terre et plongez-les avec la peau dans une casserole d'eau froide salée. Mettez sur le feu et comptez 15 min de cuisson dès le démarrage de l'ébullition. Égouttez.

3 Disposez votre jambon dans un plat avec les cornichons.

4 Servez votre mont-d'or chaud et coulant à la cuillère avec les pommes de terre chaudes, les deux jambons et les cornichons. Donnez un tour de moulin à poivre sur votre fromage avant de le déguster.

Les ingrédients pour 4 personnes

1 petit mont-d'or

500 g de petites pommes de terre nouvelles

4 tranches de jambon sec

4 tranches de jambon blanc

1 petit bocal de cornichons

poivre du moulin

la botte secrète d'aude et leslie

Avant de passer votre mont-d'or au four, creusez légèrement le centre à l'aide d'une cuillère et ajoutez-y un trait de vin blanc et 1 demi-gousse d'ail.

le tuyau de laurence

Vous pouvez varier les viandes d'accompagnement : viande des grisons, fines tranches de saucisson sec, coppa, etc. Si vous voulez épater vos copains, servez avec les pommes de terre des quartiers de pomme poêlés dans un peu de beurre ou avec 1 filet d'huile d'olive. À tester avec un camembert, dans ce cas 15 min au four suffiront.

Raclette de saumon fumé

PRÉPARATION 10 MIN | **CUISSON** 15 MIN | **COÛT** ★ | **DIFFICULTÉ** ★

1 Lavez les pommes de terre et mettez-les avec leur peau dans une casserole d'eau froide salée. Mettez sur le feu et comptez 15 min de cuisson dès le début de l'ébullition. Égouttez les pommes de terre et gardez-les au chaud sous un couvercle.

2 Pendant la cuisson des pommes de terre, mettez votre appareil à raclette à chauffer.

3 Coupez le saumon en lanières et disposez-le dans un plat. Coupez le saint-nectaire en lamelles. Versez la crème dans un bol, salez et poivrez. Coupez les pommes de terre en deux.

4 Placez une lamelle de saint-nectaire dans une coupelle à raclette, poivrez et mettez à fondre. Pendant ce temps, tartinez de crème une moitié de pomme de terre, saupoudrez d'aneth ciselé et recouvrez de saumon fumé. Versez le saint-nectaire fondu et dégustez aussitôt.

Les ingrédients pour 4 personnes

4 belles pommes de terre à chair ferme
8 tranches de saumon fumé
400 g de saint-nectaire fermier
20 cl de crème fraîche épaisse
5 branches d'aneth ciselées
sel et poivre du moulin

le tuyau de laurence

Vous pouvez bien sûr utiliser du fromage à raclette pour cette recette, ou une autre variété comme du saint-marcellin par exemple.

le verre de vin qui va bien

Profitez de cette recette pour découvrir les délicieux vins suisses du Valais.

RACLETTE

Pie de saumon aux pommes de terre

PRÉPARATION 20 MIN | **CUISSON** 40 MIN | **COÛT** ★ | **DIFFICULTÉ** ★

1 Préchauffez votre four à 200 °C (th. 6-7).

2 Lavez vos pommes de terre et plongez-les dans une grande casserole d'eau froide. Ajoutez 1 cuil. à soupe de gros sel et mettez sur le feu. Comptez 15 min de cuisson à partir de l'ébullition. Égouttez et laissez tiédir.

3 Pendant ce temps, placez vos pavés de saumon dans un plat à four, saupoudrez-les légèrement de gros sel, arrosez d'1 filet d'huile d'olive et mettez à cuire 10 min.

4 Pelez vos pommes de terre et coupez-les délicatement en rondelles de 5 mm d'épaisseur. Tapissez alors le fond d'un moule à cake beurré en faisant se chevaucher les rondelles de pommes de terre, puis tapissez les parois.

5 Émiettez grossièrement le saumon avec une fourchette. Mettez les morceaux de saumon dans un bol. Poivrez, ajoutez l'aneth ciselé, le jus de citron et la crème puis mélangez. Garnissez le moule de ce mélange puis recouvrez de rondelles de pommes de terre, en veillant à ce qu'elles se chevauchent. Poivrez, arrosez d'1 filet d'huile d'olive et remettez 15 min dans votre four baissé à 150 °C (th. 5). Servez aussitôt avec une salade verte en accompagnement.

Les ingrédients pour 4 à 6 personnes

6 belles pommes de terre à chair ferme
4 pavés de saumon frais
1 bouquet d'aneth ciselé
le jus de 1 citron
5 cl de crème liquide
gros sel
huile d'olive
1 noix de beurre pour le moule
poivre

Rôti de porc aux deux pommes

PRÉPARATION 10 MIN | **CUISSON** 1 H | **COÛT** ★ | **DIFFICULTÉ** ★

→ JE FAIS CETTE RECETTE PRESQUE TOUTES LES SEMAINES, ON NE S'EN LASSE PAS ET C'EST VRAIMENT RAPIDE À FAIRE.

1 Badigeonnez le rôti de jus de citron, salez et poivrez puis déposez-le dans un plat avec 3 cuil. à soupe d'eau. Placez 15 min sous le gril du four, assez bas pour éviter qu'il ne brûle.

2 Pendant ce temps, pelez les pommes et coupez-les en quartiers. Lavez les pommes de terre et coupez-les en deux dans la longueur. Pelez l'oignon et coupez-le en huit quartiers.

3 Sortez le plat du four, arrosez le rôti avec le jus de cuisson puis disposez les pommes, les oignons et les pommes de terre tout autour du rôti. Salez et poivrez la garniture puis saupoudrez le tout d'herbes de Provence et arrosez d'huile d'olive.

4 Replacez le plat dans votre four à 180 °C (th. 6) et laissez cuire 45 min.

Les ingrédients pour 4 personnes

1 rôti de porc dans le filet
le jus de ½ citron
2 pommes
500 g de pommes de terre nouvelles
1 oignon
1 cuil. à soupe rase d'herbes de Provence
huile d'olive
sel et poivre

la botte secrète d'aude et leslie

Pour accentuer le mélange sucré-salé qu'on adore, ajoutez 1 belle poignée de pruneaux dans le plat en même temps que les pommes.

le tuyau de laurence

Délicieux aussi avec du porc pris dans l'échine. Si vous voulez que vos pommes tiennent à la cuisson, prenez les variétés pink lady ou golden.

le truc de stéphan

Encore mieux si vous faites mariner le rôti de porc la veille avec les herbes de Provence et un peu d'huile d'olive.

Tortilla aux herbes de Provence

PRÉPARATION 20 MIN | **CUISSON** 30 MIN | **COÛT** ★ | **DIFFICULTÉ** ★★

→ UN PETIT SOUVENIR D'ESPAGNE ; C'EST RICHE MAIS VRAIMENT BON.

Les ingrédients pour 4 personnes

500 g de pommes de terre fondantes de type belle de Fontenay
1 oignon
1 cuil. à soupe d'herbes de Provence
6 œufs
huile d'olive pour la poêle
sel et poivre du moulin

1 Pelez les pommes de terre et coupez-les en fines lamelles. Pelez et émincez l'oignon.

2 Mettez une poêle antiadhésive à chauffer avec 3 cuil. à soupe d'huile d'olive. Versez vos lamelles de pommes de terre et d'oignons dans la poêle, saupoudrez d'herbes de Provence et mettez à cuire à feu moyen 20 min environ. Mélangez délicatement de temps à autre. Ajoutez un peu d'huile si nécessaire à mi-cuisson.

3 Dans un bol, cassez vos œufs et battez-les en omelette. Salez et poivrez. Quand vos pommes de terre sont cuites, versez les œufs battus dans la poêle et mélangez délicatement aux pommes de terre avec une spatule en bois.

4 Laissez cuire à feu doux ; quand les œufs commencent à coaguler en surface, retournez délicatement la tortilla. Aidez-vous d'une grande assiette plate. Laissez cuire à nouveau quelques minutes de l'autre côté puis démoulez. Servez en découpant en parts. Vous pouvez déguster cette tortilla avec du jambon sec.

le verre de vin qui va bien

Allez vers des vins de caractère : un patrimonio par exemple.

Galettes de pommes de terre

PRÉPARATION 20 MIN | **CUISSON** 10 À 16 MIN PAR FOURNÉE | **COÛT** ★ | **DIFFICULTÉ** ★★

1 Lavez les pommes de terre et séchez-les dans un torchon. Épluchez-les et râpez-les finement (ne les rincez pas). Salez, poivrez et mélangez avec les doigts.

2 Séparez les blancs des jaunes d'œufs. Montez les blancs en neige. Dans un autre bol, mélangez ensemble la crème, la faisselle et les jaunes d'œufs. Mélangez les deux préparations puis ajoutez aux pommes de terre. Mélangez.

3 Mettez une poêle à chauffer avec un peu d'huile d'olive et versez-y des tas de préparation. Aplatissez légèrement avec le dos d'une cuillère et laissez dorer 5 à 8 min de chaque côté.

Les ingrédients pour 4 personnes

500 g de pommes de terre nouvelles
2 œufs
10 cl de crème fraîche
4 cuil. à soupe de faisselle
huile d'olive pour la poêle
sel et poivre

le tuyau de laurence

Et pourquoi ne pas y déposer 1 tranche de bacon cuite et 1 œuf sur le plat ?

le truc de stéphan

Pensez à ajouter d'autres légumes et aromates dans vos galettes : oignons émincés, lanières de poivrons, échalotes, piment, etc.

Croquettes de pommes de terre

PRÉPARATION 20 MIN | **CUISSON** 10 MIN | **COÛT** ★ | **DIFFICULTÉ** ★

1 Lavez et pelez vos pommes de terre. Coupez-les en cubes et mettez-les dans une casserole d'eau froide salée. Portez à ébullition et comptez 15 min de cuisson. Égouttez-les et passez-les au moulin pour les réduire en purée. Ajoutez la crème, les carottes râpées, le gruyère râpé, l'œuf et le sel.

2 Confectionnez des boulettes que vous passerez dans la chapelure. Mettez les boulettes à frire dans l'huile bouillante. Retirez-les dès qu'elles sont bien dorées et mettez-les sur du papier absorbant.

3 Servez ces croquettes chaudes en bouchées apéritives avec de la sauce tomate, ou en accompagnement d'un plat.

Les ingrédients pour 4 personnes

4 pommes de terre type bintje
2 cuil. à soupe de crème
2 carottes
100 g de gruyère râpé
1 œuf
2 pincées de sel
chapelure
huile de friture

la botte secrète d'aude et leslie

Variez les fromages. Et pourquoi pas cheddar râpé ou beaufort ?

Pommes de terre au four

PRÉPARATION 5 MIN | **CUISSON** 45 MIN | **COÛT** ★ | **DIFFICULTÉ** ★

1 Préchauffez le four à 180 °C (th. 6).

2 Lavez les pommes de terre et séchez-les dans un torchon propre. Coupez-les en deux dans la longueur et placez-les sur la lèchefrite du four. Saupoudrez de sel et d'herbes de Provence puis arrosez d'huile d'olive.

3 Enfournez pour 45 min de cuisson. Servez chaud

Les ingrédients pour 4 personnes

8 pommes de terre moyennes à chair ferme
1 cuil. à soupe rase de fleur de sel
2 cuil. à café rases d'herbes de Provence
3 cuil. à soupe d'huile d'olive

le tuyau de laurence

Vous pouvez varier les goûts en saupoudrant d'épices, comme du curry, du paprika, etc. Pour ceux qui aiment l'ail, déposez-en de fines lamelles sur les pommes de terre avant de les assaisonner pour les cuire.

le verre de vin qui va bien

Pour aller avec ces pommes de terre toutes simples, prenez le temps de découvrir les superbes rouges des Côtes du Vivarais.

Gratin dauphinois au bleu

PRÉPARATION 15 MIN | **CUISSON** 1 H 15 | **COÛT** ★ | **DIFFICULTÉ** ★

1 Préchauffez le four à 180 °C (th. 6).

2 Épluchez et lavez les pommes de terre. Essuyez-les et coupez-les en minces rondelles. Dans un saladier, assaisonnez-les avec du sel, du poivre et de la noix de muscade râpée.

3 Beurrez un plat à gratin et disposez les pommes de terre au fond.

4 Dans un grand bol, émiettez très finement le bleu et incorporez-le à la crème. Versez le mélange sur les pommes de terre de façon à les recouvrir. Répartissez des noisettes de beurre sur tout le plat.

5 Enfournez à 180 °C (th. 6) pendant 1 h 15. Terminez par un léger passage sous le gril pour que le gratin soit bien doré.

Les ingrédients pour 4 personnes

1,5 kg de pommes de terre à chair ferme

250 g de bleu d'Auvergne

½ l de crème liquide

50 g de beurre + un peu pour le plat

noix de muscade

sel et poivre

le tuyau de laurence

Délicieux aussi avec de la fourme d'Ambert ou du Saint-Agur.

le truc de stéphan

Tentez aussi la recette en prenant du gorgonzola... Mmm !!!

Lasagnes de pommes de terre végétariennes

PRÉPARATION 20 MIN | **CUISSON** 1 H 30 | **COÛT** ★ | **DIFFICULTÉ** ★

1 Lavez vos pommes de terre et plongez-les dans une grande casserole d'eau froide. Ajoutez 1 cuil. à soupe de gros sel et mettez sur le feu. Comptez 15 min de cuisson à partir de l'ébullition. Égouttez et laissez tiédir. Coupez-les en rondelles après avoir ôté la peau. Saupoudrez de thym, salez et poivrez. Réservez.

2 Coupez les tomates en tranches et placez-les sur la plaque du four. Arrosez d'un léger filet d'huile d'olive. Mettez à four doux - 75 °C (th. 2-3) - pendant 1 h de façon à les faire confire.

3 Pelez la gousse d'ail et hachez-la au couteau, puis ajoutez-la sur les tomates pour les 20 dernières minutes de cuisson.

4 Lavez et séchez vos champignons. Coupez la base du pied, émincez-les et faites-les revenir à la poêle à feu vif dans 1 cuil. à soupe d'huile d'olive. Réservez.

5 Garnissez une terrine beurrée en alternant une couche de pommes de terre, une couche de tomates, une couche de champignons, une couche de pommes de terre. Versez 2 cuil. à soupe d'huile d'olive, couvrez et remettez à four chaud - 150 °C (th. 5) - pendant 15 min. Servez chaud.

Les ingrédients pour 6 personnes

8 pommes de terre moyennes
thym
5 tomates
1 gousse d'ail
150 g de champignons de Paris
1 noix de beurre pour la terrine
huile d'olive
gros sel
sel et poivre

le tuyau de laurence

Choisissez des champignons de Paris bien fermes et frais. Leur chapeau doit être lisse et blanc et le dessous ne doit pas être noir. Plus ils sont frais et meilleurs ils sont.

le verre de vin qui va bien

Un beau saumur-champigny à peine frais.

Poêlée de pommes de terre et choux de Bruxelles aux amandes

PRÉPARATION 15 MIN | **CUISSON** 35 MIN | **COÛT** ★ | **DIFFICULTÉ** ★

Les ingrédients pour 6 personnes

500 g de pommes de terre roseval
500 g de choux de Bruxelles
3 cuil. à soupe d'amandes effilées
100 g de mimolette vieille
25 g de beurre pour la poêle
sel et poivre

1 Plongez les pommes de terre dans une grande casserole d'eau froide, salez et portez à ébullition. Laissez cuire 15 min puis vérifiez la cuisson des pommes de terre avec la pointe d'un couteau. Égouttez, laissez tiédir et pelez-les. Coupez les pommes de terre en lamelles.

2 Faites cuire les choux de Bruxelles 5 min dans une casserole d'eau bouillante salée, égouttez-les et coupez-les en deux.

3 Faites chauffer une poêle avec le beurre puis faites-y sauter les pommes de terre et les choux de Bruxelles. Laissez dorer 10 min environ. Ajoutez les amandes, mélangez et laissez encore 5 min sur le feu. Salez et poivrez.

4 Versez dans un plat et servez agrémenté de copeaux de mimolette vieille.

la botte secrète d'aude et leslie

Les plus gourmands d'entre vous ajouteront des petits lardons dans la poêle. *So délicious !*

le tuyau de laurence

Pour les allergiques aux choux de Bruxelles (sans doute des restes de blocage dus à la cantine...) remplacez-les par des bouquets de chou-fleur ou de brocolis que vous aurez cuits *al dente* auparavant.

Poêlée de pommes de terre au romarin

PRÉPARATION 10 MIN | **CUISSON** 30 MIN | **COÛT** ★ | **DIFFICULTÉ** ★

1 Lavez vos pommes de terre et plongez-les dans une grande casserole d'eau froide. Ajoutez 1 cuil. à soupe de gros sel et mettez sur le feu. Comptez 15 min de cuisson à partir de l'ébullition. Égouttez et laissez tiédir. Pelez et coupez en rondelles.

2 Détaillez les escalopes de poulet en dés.

3 Dans une grande poêle, mettez à fondre 2 cuil. à soupe de beurre et faites revenir les pommes de terre, les dés de poulet et les lardons. Salez, poivrez et saupoudrez de romarin. Faites dorer l'ensemble pendant environ 15 min.

Les ingrédients pour 4 personnes

8 pommes de terre de type roseval
2 escalopes de poulet
150 g de lardons
1 banche de romarin
un peu de beurre pour la poêle
gros sel
sel et poivre

le tuyau de laurence

Ne cuisez pas trop vos pommes de terre afin qu'elles se tiennent bien quand vous les ferez sauter.

le verre de vin qui va bien

Un beau coteaux-du-tricastin.

Pommes de terre en robe des champs

PRÉPARATION 10 MIN | **CUISSON** 45 MIN | **COÛT** ★ | **DIFFICULTÉ** ★

Les ingrédients pour 4 personnes

4 grosses pommes de terre
4 tranches de bacon
25 cl de crème fraîche
½ botte de ciboulette
1 cuil. à soupe d'huile d'olive pour la poêle
sel et poivre du moulin

1 Lavez les pommes de terre et enveloppez-les entières avec leur peau dans une feuille de papier d'aluminium en évitant les surépaisseurs. Mettez à cuire 45 min dans un four préchauffé à 200 °C (th. 6-7).

2 Pendant la cuisson des pommes de terre, mettez une poêle à chauffer avec l'huile d'olive puis mettez le bacon à cuire. Quand il semble cuit, retournez-le et poursuivez encore un peu la cuisson afin qu'il soit bien croustillant. Déposez-le sur du papier absorbant. Émiettez le bacon et versez-le dans le bol de votre robot. Ajoutez la crème et mixez. Versez dans un bol, salez, poivrez et ajoutez la ciboulette ciselée. Mettez au frais en attendant que vos pommes de terre soient cuites.

3 Après 45 min au four, vérifiez la cuisson des pommes de terre avec la pointe d'un couteau ; elle doit rentrer dans la pomme de terre sans résistance. Déposez-les dans les assiettes puis coupez-les en deux et versez la sauce au milieu.

le tuyau de laurence

Variez les petites sauces : beurre et fleur de sel – 25 cl de crème et 1 cuil. à soupe de ketchup – 25 cl de crème et 1 cuil. à café de curry en poudre, etc.

Pommes de terre en croûte de sel

PRÉPARATION 10 MIN | **CUISSON** 40 MIN | **COÛT** ★ | **DIFFICULTÉ** ★

1 Préchauffez votre four à 200 °C (th. 6-7).

2 Lavez et essuyez les pommes de terre. Versez 15 cl d'eau et le gros sel dans un saladier puis mélangez.

3 Tapissez le fond d'un plat avec une couche de gros sel, déposez dessus les pommes de terre puis versez le reste du sel afin que les pommes de terre soient totalement recouvertes. Mettez à cuire 40 min au four.

4 Cassez la croûte de sel pour récupérer les pommes de terre. Servez-les simplement avec un peu de beurre.

Les ingrédients pour 4 personnes

1 kg de petites pommes de terre nouvelles (de type ratte ou chérie)

2 kg de gros sel

le tuyau de laurence

Cassez la croûte de sel à table devant vos potes. Effet et succès garantis !

le truc de stéphan

Prenez bien un bon gros sel marin pour cette recette.

le verre de vin qui va bien

Un rouge élégant et fort en caractère : le costières-de-nîmes.

Pommes de terre surprises

PRÉPARATION 10 MIN | **CUISSON** 15 MIN | **COÛT** ★ | **DIFFICULTÉ** ★

→ J'ADORE FAIRE CETTE RECETTE AVEC DES FJORDS QUI SONT UNE SORTE DE YAOURT HYPER-ONCTUEUX BIEN MOINS GRAS QUE LA CRÈME !

1 Lavez les pommes de terre et plongez-les entières avec leur peau dans une grande casserole d'eau froide salée. Mettez sur le feu et comptez 15 min de cuisson à partir de l'ébullition. Égouttez.

2 Pendant la cuisson des pommes de terre, mettez une poêle à chauffer avec l'huile d'olive puis mettez le bacon à cuire. Quand il semble cuit, retournez-le et poursuivez encore un peu la cuisson afin qu'il soit bien croustillant. Déposez-le sur du papier absorbant. Gardez 2 tranches de bacon que vous casserez en deux, et émiettez le reste. Versez dans un bol.

3 Versez les fjords dans le bol, salez, poivrez et ajoutez 2 cuil. à soupe de ciboulette ciselée. Mélangez.

4 Quand les pommes de terre sont cuites, égouttez-les, déposez-les dans les assiettes puis coupez-les en quatre et versez la sauce au milieu. Servez aussitôt avec les demi-tranches de bacon en décoration.

Les ingrédients pour 4 personnes

4 belles pommes de terre
6 tranches de bacon
2 fjords
1 botte de ciboulette
1 cuil. à soupe d'huile d'olive pour la poêle
sel et poivre au moulin

le tuyau de laurence

Utilisez des pommes de terre à purée ou des pommes de terre à chair jaune, plus ferme. Faites selon vos goûts.

Purée de pommes de terre

PRÉPARATION 10 MIN | **CUISSON** 15 MIN | **COÛT** ★ | **DIFFICULTÉ** ★

Les ingrédients pour 4 personnes

1 kg de pommes de terre à purée (type bintje)
20 cl de lait
120 g de beurre
sel et poivre du moulin

1 Pelez les pommes de terre, lavez-les, coupez-les en cubes et plongez-les dans une casserole d'eau froide salée. Mettez sur le feu et laissez cuire 15 min à partir de l'ébullition. Vérifiez la cuisson avec la pointe d'un couteau. Égouttez.

2 Versez les pommes de terre égouttées dans une casserole. Écrasez-les bien avec un presse-purée. Remettez la casserole sur feu doux puis incorporez le lait et le beurre coupé en dés sans cesser de remuer avec une cuillère en bois. Salez et poivrez.

Pour varier_ Ajoutez à la fin de la recette 300 g de petits pois écossés, étuvés quelques minutes avec 4 oignons nouveaux.

la botte secrète d'aude et leslie

Avec 1 filet d'huile de truffe ajouté au dernier moment, c'est le nirvana.

le tuyau de laurence

Ajoutez 3 cuil. à soupe de moutarde à l'ancienne à cette purée (idéal avec les viandes blanches).

Purée de pommes de terre méditerranéenne

PRÉPARATION 15 MIN | **CUISSON** 20 MIN | **COÛT** ★ | **DIFFICULTÉ** ★

1 Mettez les pommes de terre épluchées à cuire pendant environ 15 min. Pendant ce temps, mettez le lait à chauffer. Quand il est proche de l'ébullition, sortez-le du feu et ajoutez les herbes ce Provence. Laissez infuser 10 min puis récupérez le lait en le passant dans une passoire fine.

2 Égouttez les pommes de terre cuites (vérifiez la cuisson avec la pointe d'un couteau) puis passez-les au moulin dans la casserole pour les réduire en purée. Mettez à chauffer à feu doux, ajoutez l'huile d'olive tout en remuant avec une spatule en bois. Salez, poivrez et ajoutez le lait pour obtenir une purée bien homogène. Détaillez les olives en petits éclats et mélangez-les à la purée. Réservez au chaud.

Les ingrédients pour 2 personnes

1 kg de pommes de terre à purée (type bintje)
20 cl de lait
1 cuil. à café rase d'herbes de Provence
4 cuil. à soupe d'huile d'olive
6 olives noires
sel et poivre

le verre de vin qui va bien

Allez vers un beau vacqueyras rouge aux superbes arômes de cassis et de cacao.

Röstis de pommes de terre au maïs

PRÉPARATION 20 MIN | **CUISSON** 10 À 14 MIN PAR FOURNÉE | **COÛT** ★★ | **DIFFICULTÉ** ★

1 Pelez les pommes de terre puis râpez-les. Pelez et émincez très finement l'oignon. Versez le tout dans un saladier.

2 Ajoutez le maïs égoutté le fromage râpé et les œufs battus. Salez et poivrez puis mélangez.

3 Mettez une poêle à chauffer avec 1 filet d'huile d'olive. Versez des tas de préparation, écrasez délicatement avec le dos d'une cuillère pour les aplatir. Laissez cuire ces röstis 5 à 7 min de chaque côté à feu doux. Remettez 1 filet d'huile d'olive à chaque fournée.

4 Servez chaud avec une sauce barbecue en accompagnement.

Les ingrédients pour 4 à 6 personness

500 g de pommes de terre
1 oignon
100 g de maïs
50 g de fromage râpé
2 œufs
huile d'olive pour la poêle
sel et poivre

le tuyau de laurence

Lavez vos pommes de terre avant de les peler et non après pour ne pas enlever l'amidon, qui permettra à vos pommes de terre râpées de bien s'amalgamer.

Purée au lait de coco

PRÉPARATION 20 MIN | **CUISSON** 30 MIN | **COÛT** ★ | **DIFFICULTÉ** ★

→ CROYEZ-EN MON EXPÉRIENCE, VOUS EN BLUFFEREZ PLUS D'UN. À SERVIR AVEC DES VIANDES BLANCHES OU DES PLATS SUCRÉ-SALÉ OU EXOTIQUES RELEVÉS AU CURRY PAR EXEMPLE.

1 Pelez les pommes de terre, lavez-les, coupez-les en cubes et plongez-les dans une casserole d'eau froide salée. Mettez sur le feu et laissez cuire 15 min à partir de l'ébullition. Vérifiez la cuisson avec la pointe d'un couteau. Égouttez.

2 Versez les pommes de terre dans une casserole. Écrasez-les bien avec un presse-purée. Remettez la casserole sur feu doux puis incorporez le lait de coco et le beurre coupé en dés sans cesser de remuer avec une cuillère en bois. Salez et poivrez.

Les ingrédients pour 4 personnes

1 kg de pommes de terre à purée (type bintje)
25 cl de lait de coco
100 g de beurre
sel et poivre

la botte secrète d'aude et leslie

Et si vous ajoutiez 1 demi-cuillerée à café de curry en poudre dans cette purée trop bonne ?

le truc de stéphan

Superbe aussi en ajoutant 1 demi-piment haché finement et quelques gouttes d'huile de sésame.

Boudin noir aux deux pommes

PRÉPARATION 20 MIN | **CUISSON** 25 MIN | **COÛT** | **DIFFICULTÉ**

→ À TOUS CEUX QUI AIMENT LE BOUDIN NOIR... ALLEZ-Y, LANCEZ-VOUS, VOUS ALLEZ ADORER.

Les ingrédients pour 4 personnes

- 300 g de pommes de terre à chair ferme
- 2 échalotes
- 2 pommes golden
- 20 cm de boudin noir
- 20 g de beurre pour la poêle
- sel et poivre du moulin

1 Lavez vos pommes de terre et placez-les dans une casserole d'eau froide salée. Mettez sur le feu, portez à ébullition et comptez 15 min de cuisson. Égouttez, pelez vos pommes de terre et coupez-les en cubes.

2 Pelez les échalotes et émincez-les finement. Pelez les pommes, coupez-les en quatre, ôtez le cœur et détaillez-les en cubes. Coupez le boudin noir en rondelles de 1 cm d'épaisseur.

3 Faites fondre le beurre dans une poêle et faites dorer les quartiers de pommes avec les échalotes pendant 10 min environ. Poivrez. Pendant ce temps, dans une autre poêle, sans matière grasse, faites cuire les rondelles de boudin noir sur les deux faces en les retournant délicatement.

4 Préparez les timbales en commençant par une couche de pommes de terre, recouvrez alors de rondelles de boudin noir, puis terminez avec une couche de pommes sautées. Servez chaud.

le tuyau de laurence

Soyez exigeant sur la qualité du boudin, veillez à ce qu'il ne soit pas trop gras. Vous pouvez utiliser du boudin noir nature, aux pommes ou aux oignons.

le truc de stéphan

Si vous aimez, pensez à déglacer la poêle avec un petit trait de vinaigre juste avant de faire les timbales.

Carpaccio de daurade et pommes de terre, sauce cacahuète et coriandre

PRÉPARATION 20 MIN | **CUISSON** 15 MIN | **COÛT** ★ | **DIFFICULTÉ** ★

→ CETTE RECETTE EST POUR STÉPHAN, QUI, VOUS L'AUREZ SUREMENT REMARQUÉ, EST DINGUE DE CUISINE ASIATIQUE !

1 Plongez les pommes de terre dans une grande casserole d'eau froide salée. Portez à ébullition et laissez cuire 15 min ; vérifiez la cuisson avec la pointe d'un couteau. Passez les pommes de terre sous l'eau froide. Pelez-les et laissez-les refroidir. Préparez vos pommes de terre à l'avance pour qu'elles soient bien froides au moment de les trancher finement.

2 Placez votre filet de daurade 15 min au congélateur puis tranchez-le le plus finement possible. Coupez des rondelles de pommes de terre le plus finement possible également. Disposez les lamelles de pommes de terre dans les assiettes puis recouvrez de tranches de daurade.

3 Dans un bol, mélangez la sauce *nuoc-mâm*, la sauce soja, le sucre, l'huile de sésame, le jus de citron vert, les cacahuètes et la coriandre ciselée. Versez sur le carpaccio de pommes de terre et daurade.

Les ingrédients pour 4 personnes

- 8 pommes de terre moyennes à chair ferme
- 250 g de filet de daurade bien fraîche
- 1 cuil. à café de *nuoc-mâm*
- 1 cuil. à soupe de sauce soja
- 1 cuil. à café de sucre en poudre
- 1 cuil. à soupe d'huile de sésame
- 1 cuil. à soupe de jus de citron vert
- 75 g de cacahuètes grillées hachées
- 4 branches de coriandre

la botte secrète d'aude et leslie

Pour une petite touche aussi belle que bonne, ajoutez quelques baies roses au centre de chaque assiette.

le tuyau de laurence

Soyez inflexible sur la qualité du poisson qui doit être vraiment très frais. Si vous avez des doutes, préférez les poissons surgelés que vous laisserez décongeler doucement dans votre réfrigérateur.

le verre de vin qui va bien

Un beau sancerre ou un reuilly.

Carpaccio de foie gras et canard

PRÉPARATION 20 MIN | **CUISSON** 15 MIN | **COÛT** ★★★ | **DIFFICULTÉ** ★

Les ingrédients pour 4 personnes

- 5 pommes de terre moyennes à chair ferme
- 200 g de tranches de magret de canard fumé
- 2 cuil. à soupe d'huile d'olive
- 1 cuil. à café de jus d'orange pressé
- 1 cuil. à soupe de vinaigre balsamique
- 100 g de foie gras
- 2 cuil. à soupe d'éclats de noix
- 5 brins de ciboulette ciselés
- sel et poivre du moulin

1 Plongez les pommes de terre dans une grande casserole d'eau froide salée. Portez à ébullition et laissez cuire 15 min ; vérifiez la cuisson avec la pointe d'un couteau. Passez les pommes de terre sous l'eau froide. Pelez-les et laissez-les refroidir. Préparez vos pommes de terre à l'avance pour qu'elles soient bien froides au moment de les trancher finement.

2 Épluchez les pommes de terre et coupez de très fines lamelles. Disposez dans un plat en alternant avec les tranches de magret fumé.

3 Versez l'huile, le jus d'orange et le vinaigre balsamique dans un bol. Salez, poivrez et fouettez l'ensemble. Versez sur le plat. Ajoutez de fines lamelles de foie gras et saupoudrez d'éclats de noix puis de ciboulette ciselée.

le tuyau de laurence

Pour un plat plus copieux, couchez votre carpaccio sur un beau lit de mâche.

le verre de vin qui va bien

Découvrez les merveilleuses bouteilles produites sur les coteaux de l'Aubance, portant la mention « Sélection de grains nobles » ; de superbes vins aux arômes de fruits confits et de vanille, parfaits avec le foie gras.

Lotte sautée aux oignons rouges et petites rattes

PRÉPARATION 20 MIN | **MARINADE** 30 MIN | **CUISSON** 25 MIN | **COÛT** ★★ | **DIFFICULTÉ** ★ |
MATÉRIEL SPÉCIFIQUE UN WOK

→ LA LOTTE EST VRAIMENT LE POISSON QUI SE PRÊTE LE MIEUX À UNE POÊLÉE CAR SA CHAIR SE TIENT REMARQUABLEMENT BIEN... À CONDITION BIEN SÛR QU'IL SOIT BIEN FRAIS.

1 Coupez la lotte en cubes de 3 x 3 cm et placez 30 min à mariner dans le jus de citron et la citronnelle.

2 Lavez les rattes et coupez-les en deux dans la longueur. Plongez-les dans l'eau froide salée, portez à ébullition et laissez cuire 10 min. Égouttez. Pelez les oignons rouges et coupez-les en huit quartiers ou plus s'ils sont gros.

3 Faites chauffer l'huile dans votre wok et faites dorer les rattes. Au bout de 10 min de cuisson, ajoutez les oignons et laissez sauter à nouveau 10 min en remuant régulièrement. Ajoutez les cubes de lotte égouttés et laissez cuire encore 5 min. Salez et poivrez.

4 Saupoudrez généreusement de cerfeuil au moment de servir.

Les ingrédients pour 4 personnes

600 g de lotte
le jus de 1 citron
1 cuil. à café de citronnelle émincée
600 g de rattes du Touquet
2 oignons rouges
1 bouquet de cerfeuil
2 cuil. à soupe d'huile d'olive pour le wok
sel et poivre du moulin

le verre de vin qui va bien

Ouvrez une belle bouteille de Pouilly fumé avec cette magnifique recette, haute en saveur. Le rouge est possible aussi. Dans ce cas, allez vers un reuilly rouge.

Parmentier de cabillaud au beurre d'escargot

PRÉPARATION 15 MIN | **CUISSON** 10 MIN | **COÛT** ★ | **DIFFICULTÉ** ★

→ ON TROUVE SOUVENT DU BEURRE D'ESCARGOT AU RAYON SURGELÉ DU CÔTÉ DES PLATS CUISINÉS OU DES CUISSES DE GRENOUILLES !!!

1 Pelez les pommes de terre, lavez-les, coupez-les en cubes et plongez-les dans une casserole d'eau froide salée. Mettez sur le feu et laissez cuire 15 min à partir de l'ébullition. Vérifiez la cuisson avec la pointe d'un couteau. Égouttez.

2 Versez les pommes de terre dans une casserole. Écrasez-les bien avec un presse-purée. Remettez la casserole sur feu doux puis incorporez le lait et le beurre coupé en dés sans cesser de remuer avec une cuillère en bois. Salez et poivrez.

3 Plongez le cabillaud dans une casserole d'eau bouillante, baissez le feu et laissez cuire à petits frémissements pendant 10 min. Égouttez et émiettez grossièrement. Ajoutez le beurre d'escargot au poisson encore bien chaud.

4 Beurrez un plat à gratin, déposez les miettes de cabillaud au fond et recouvrez de purée. Saupoudrez le dessus d'emmental râpé. Mettez à gratiner 10 min sous le gril du four.

Les ingrédients pour 4 personnes

1 kg de pommes de terre à purée (type bintje)
20 cl de lait
120 g de beurre + 1 noix pour le plat
350 g de cabillaud
20 g de beurre d'escargot
50 g d'emmental râpé
sel et poivre du moulin

le verre de vin qui va bien

Accompagnez ce superbe Parmentier d'un côtes-du-Rhône-villages.

Parmentier de poulet au lait de coco

PRÉPARATION 15 MIN | **CUISSON** 15 MIN | **COÛT** ★★ | **DIFFICULTÉ** ★

1 Préchauffez votre four à 180 °C (th. 6).

2 Mettez une casserole d'eau salée sur le feu. Quand elle bout, baissez le feu pour qu'elle soit juste frémissante et plongez-y les morceaux de poulet. Laissez cuire 10 min. Égouttez et déposez sur une assiette. Hachez le poulet dans le bol de votre robot, arrosez du jus de citron vert.

3 Pelez les pommes de terre, lavez-les, coupez-les en cubes et plongez-les dans une casserole d'eau froide salée. Mettez sur le feu et laissez cuire 15 min à partir de l'ébullition. Vérifiez la cuisson avec la pointe d'un couteau. Égouttez.

4 Versez les pommes de terre dans une casserole. Écrasez-les bien avec un presse-purée. Remettez la casserole sur feu doux puis incorporez le lait de coco et 100 g de beurre coupé en dés sans cesser de remuer avec une cuillère en bois. Salez et poivrez.

5 Beurrez votre plat à gratin. Déposez la moitié de la purée dans le fond du plat, recouvrez du hachis de poulet puis du reste de purée. Parsemez le dessus du plat de dés de beurre avec les 20 g restant.

6 Enfournez pour 15 min de cuisson et servez chaud.

Les ingrédients pour 4 personnes

400 g de blanc de poulet

le jus de 1 citron vert

1 kg de pommes de terre à purée (type bintje)

25 cl de lait de coco

120 g de beurre + 1 noix pour le plat

sel et poivre du moulin

Aligot

PRÉPARATION 20 MIN | **CUISSON** 30 MIN | **COÛT** ★ | **DIFFICULTÉ** ★

→ CETTE PURÉE EST JUSTE DINGUE. PRENEZ BIEN LE GESTE POUR LA PRÉPARER EN LA TIRANT DE BAS EN HAUT AVEC UNE CUILLÈRE EN BOIS.

1 Pelez les pommes de terre, lavez-les, coupez-les en cubes et plongez-les dans une casserole d'eau froide salée. Mettez sur le feu et laissez cuire 15 min à partir de l'ébullition. Vérifiez la cuisson avec la pointe d'un couteau. Égouttez.

2 Écrasez finement les pommes de terre avec un moulin à légumes ou un presse-purée. Versez dans la casserole, ajoutez le beurre coupé en dés et mélangez bien sur feu doux.

3 Hors du feu, ajoutez l'ail puis les lamelles de cantal une à une en grattant bien le fond de la casserole et en étirant la purée de bas en haut avec une spatule en bois. Salez et poivrez.

4 Ajoutez enfin la crème et continuez à travailler la purée de bas en haut pendant 10 min en la replaçant de temps à autre sur le feu afin de la maintenir bien chaude. Servez l'aligot dans sa casserole afin d'éviter qu'il ne se fige dans un plat froid.

Les ingrédients pour 4 personnes

1 kg de pommes de terre à purée (type bintje)
50 g de beurre
1 gousse d'ail pelée et hachée
400 g de cantal frais en fines lamelles
3 cuil. à soupe de crème fraîche
sel et poivre

le verre de vin qui va bien

Pas d'hésitation : ouvrez un côtes-d'auvergne ou un côtes-du-forez.

je veux en savoir plus !

La purée / 20 cl de lait / Égouttez / petits conseils / Écrasez-les bien avec un presse-purée / pommes de terre « primeur » / AVEC UNE CUILLÈRE EN BOIS / incorporez le lait et le beurre / fondantes et savoureuses / cuisson à la vapeur, à l'eau, au four, rissolées, frites, en purée, en soupe, etc. / Salez et poivrez / LES FRITES / cuisez vos patates avec leur peau / bâtonnets réguliers d'une largeur de 1 cm / Égouttez, laissez chauffer la friture seule 3 min / les sels minéraux et les vitamines / 1 kg de belles pommes de terre (type bintje) / Les croquettes / cuire 15 min à partir de l'ébullition / pommes de terre à chair « farineuse » / 2 CAROTTES / Coupez-les en cubes / Les ingrédients pour 4 personnes / font merveille en gratins / Lavez et pelez vos pommes de terre / les primeurs de l'Île de Ré / Vérifiez la cuisson avec la pointe d'un couteau / Servez ces croquettes chaudes en bouchées apéritives

Je veux la technique !

Patates : petits conseils

La pomme de terre a souvent mauvaise réputation, or elle est moins calorique que le riz ou les pâtes, sans compter qu'elle est riche en vitamines C, B6 et en fibres. Mais surtout, les multiples façons possibles de la préparer en font une star de la cuisine d'aujourd'hui : cuisson à la vapeur, à l'eau, au four, rissolées, frites, en purée, en soupe, etc.

Pour l'apprécier à sa juste valeur, il y a quelques petits trucs de base à savoir :

- La cuisson de la pomme de terre se démarre toujours à l'eau froide additionnée de sel.
- Pour une purée ou une soupe, je vous conseille de supprimer la peau. Par contre pour les autres plats, cuisez vos pommes de terre avec leur peau. Non seulement la chair ne sera pas gorgée d'eau et se tiendra mieux, mais aussi les sels minéraux et les vitamines seront préservés et le goût n'en sera que meilleur.
- Pour une cuisson homogène, dans le cas où vous les laissez entières, choisissez des pommes de terre de même calibre.
- Les pommes de terre se conservent à l'abri de la chaleur et de la lumière afin qu'elles ne verdissent ni ne germent, ce qui altèrerait leur qualité.

Les variétés de pommes de terre

Il existe un choix infini de variétés de pommes de terre. Il est vrai que la plupart du temps leur utilisation est précisée sur les emballages, toutefois vous devez connaître le B.A.- ba.
En bref il existe deux grandes variétés de pommes de terre qui se différencient par leur texture : les pommes de terre à chair « farineuse » et les pommes de terre à chair « ferme ». Vous trouverez aussi des pommes de terre « primeur ».

Les pommes de terre à chair « farineuse » :

Leur chair se défait à la cuisson ce qui les rend idéales pour la préparation des soupes et purées. Les plus connues sont les Bintje, Estima, Europa, Désirée ou encore Manon. D'autres variétés, plus fondantes, font merveille en gratins, pommes au four ou frites : Monalisa, Agata, Turbo, Nicola et Samba.

Les pommes de terre à chair « ferme » :

Leur tenue à la cuisson est impeccable, à condition toutefois de ne pas les faire trop cuire ! Elles sont fondantes et savoureuses et conviennent pour la confection de recettes plus élaborées. Vous trouverez des variétés à peau jaune ou rouge, peu importe cela ne fait pas de différence gustative.

Parmi les rouges la plus connue est la Roseval mais vous trouverez aussi les Chérie, Franceline, Rosine, etc.
Chez les jaunes, c'est la Charlotte la plus répandue devant les Amandine, Pompadour, Belle de Fontenay, BF15, etc.

Les pommes de terre « primeur » :

Elles arrivent avec le printemps ; récoltées un peu avant maturité, elles sont plus légères et ont une saveur un peu plus sucrée. Par contre, elles se conservent peu de temps. La Charlotte et la Roseval, par exemple, ont leurs pommes de terre « primeur ». Certaines variétés comme la Bonnotte sont produites uniquement pour cette saison. Sans compter les primeurs de l'Île de Ré ou de Noirmoutier.

Pas à pas

La purée

Les ingrédients pour 4 personnes

1 kg de pommes de terre à purée (type bintje)
20 cl de lait
120 g de beurre
sel et poivre du moulin

1 Pelez les pommes de terre, lavez-les, coupez-les en cubes et plongez-les dans une casserole d'eau froide salée. Mettez sur le feu et laissez cuire 15 min à partir de l'ébullition. Vérifiez la cuisson avec la pointe d'un couteau. Égouttez.

2 Versez les pommes de terre égouttées dans une casserole. Écrasez-les bien avec un presse-purée ou passez-les dans un moulin à légumes.

3 Mettez la casserole sur feu doux puis incorporez le lait et le beurre coupé en dés sans cesser de remuer avec une cuillère en bois. Salez et poivrez.

Les frites

Les ingrédients pour 4 personnes

1 kg de belles pommes de terre (type bintje)

1 bassine de friture

sel fin

1 Pelez les pommes de terre, lavez-les et essuyez-les dans un torchon propre. Coupez-les en bâtonnets réguliers d'une largeur de 1 cm.

2 Mettez votre huile de friture à chauffer. Pour vérifier si elle est assez chaude, plongez-y le bout d'un bâtonnet de pomme de terre. L'huile doit « mousser ». Plongez-y alors la moitié des bâtonnets (la friture doit toujours « mousser »). Laissez cuire 5 min environ jusqu'à ce que les frites soient d'un blond pâle. Égouttez, laissez chauffer la friture seule 3 min, puis procédez de même avec la seconde moitié des bâtonnets.

3 Avant de servir, replongez vos frites dans l'huile jusqu'à ce qu'elles soient bien dorées et bien fermes.

4 Égouttez sur du papier absorbant. Versez dans un plat et salez.

Les croquettes

Les ingrédients pour 4 personnes

4 pommes de terre (type bintje)
2 cuil. à soupe de crème
2 carottes
100 g de gruyère râpé
1 œuf
2 pincées de sel
chapelure
huile de friture

1 Lavez et pelez vos pommes de terre. Coupez-les en cubes et mettez-les dans une casserole d'eau froide salée. Portez à ébullition et comptez 15 min de cuisson. Égouttez et passez-les au moulin pour les réduire en purée.

2 Ajoutez la crème, les carottes râpées, le gruyère râpé, l'œuf et le sel.

3 Confectionnez des boulettes que vous passerez dans la chapelure.

4 Mettez les boulettes à frire dans l'huile bouillante. Retirez-les dès qu'elles sont bien dorées et mettez-les sur du papier absorbant. Servez ces croquettes chaudes en bouchées apéritives avec de la sauce tomate, ou en accompagnement d'un plat.

À garder sous le coude

s'en sortir sans balance

→ Ce tableau vous donne les principales équivalences poids et volumes pour les ingrédients les plus courants.

Ingrédients	1 cuil. à café	1 cuil. à soupe	1 verre à moutarde
Beurre	7 g	20 g	–
Cacao en poudre	5 g	10 g	90 g
Crème épaisse	1,5 cl	4 cl	20 cl
Crème liquide	0,7 cl	2 cl	20 cl
Farine	3 g	10 g	100 g
Gruyère râpé	4 g	12 g	65 g
Liquides divers (eau, huile, vinaigre, alcools)	0,7 cl	2 cl	20 cl
Maïzena	3 g	10 g	100 g
Poudre d'amandes	6 g	15 g	75 g
Raisins secs	8 g	30 g	110 g
Riz	7 g	20 g	150 g
Sel	5 g	15 g	–
Semoule, couscous	5 g	15 g	150 g
Sucre en poudre	5 g	15 g	150 g
Sucre glace	3 g	10 g	110 g

Mesurer vos liquides

1 verre à liqueur = 3 cl

1 tasse à café = 8 à 10 cl

1 verre à moutarde = 20 cl

1 bol = 35 cl

Pour info

1 œuf = 50 g

1 noisette de beurre = 5 g

1 noix de beurre = 15 à 20 g

bien régler son four

→ Pas facile de connaître la température dans un four ! Voici une table très simple à utiliser et valable pour la plupart des appareils vendus dans le commerce.

Température (°C)	30	60	90	120	150	180	210	240	270
Thermostat	1	2	3	4	5	6	7	8	9

→ Les temps de cuisson donnés dans les recettes peuvent varier légèrement selon les types d'appareils. En effet, dans un four à chaleur tournante, les plats cuisent de manière plus homogène et plus vite que dans les fours qui chauffent à partir d'une source (four à gaz, four électrique).

Rappelez-vous aussi que pour réaliser une bonne cuisson, un préchauffage est toujours nécessaire.

les indispensables en cuisine

→ Pour cuisiner entre potes ou pour des popotes sans souci, il faut avoir sous la main quelques produits tout simples, faciles à trouver.
Voici une petite liste de « basiques », grâce auxquels vous pourrez faire la grande majorité des recettes de cette collection.

Dans le placard

Épices

- Cannelle
- Coriandre
- Cumin
- Curry
- Gingembre
- Herbes de Provence
- Mélange quatre-épices
- Noix de muscade
- Paprika
- Poivre du moulin et concassé
- Thym
- Vanille en gousse

Liquides

- Huiles de tournesol, d'olive, de sésame et de noix
- Rhum (pour la pâtisserie)
- Vinaigres de vin, blanc, balsamique et de xérès
- Vin rouge et blanc sec

Condiments

- Moutarde forte et à l'ancienne
- Moutardes parfumées (à l'estragon, au poivre vert)
- Sauce *pesto*
- Sauce soja
- Sel fin et gros sel
- Tabasco
- Tapenade d'olives noires

Et aussi

- Amandes effilées
- Anchois, thon et sardines à l'huile d'olive
- Bouillon cube
- Câpres
- Chocolat à cuire et chocolat en poudre
- Cornichons
- Farine
- Fruits secs (amandes, raisins, pignons, noisettes, abricots, figues)
- Lait de coco
- Levure chimique
- Maïzena
- Miel
- Olives en boîte
- Pâtes de toutes formes
- Poudre de noisettes et poudre d'amandes
- Riz rond et riz parfumé
- Semoule
- Sucre en poudre, sucre glace et sucre vanillé
- Tomates en boîte, concentrées et séchées en bocal

Dans le réfrigérateur

Légumes

- Ail
- Carottes
- Citrons
- Échalotes
- Oignons
- Pommes de terre
- Tomates

Laitages et œufs

- Beurre
- Crème liquide
- Fromage frais
- Lait
- Œufs
- Parmesan

Et aussi

- Feuilles de brick
- Pâtes à tarte (brisée, sablée, feuilletée)

Dans le congélateur

Herbes et épices hachées

- Aneth
- Basilic
- Ciboulette
- Coriandre
- Gingembre haché
- Persil

Légumes

- Champignons de Paris
- Épinards
- Petits pois
- Tiges de citronnelle

Et aussi

- Pâtes à tarte (brisée, sablée, feuilletée)

avoir le bon matériel

→ Pas besoin de grand-chose pour faire de grandes recettes !
Voici une petite liste d'ustensiles à avoir dans la cuisine.

Cuire

- Casseroles (une grande et une petite)
- Moules à tarte et à pâtisserie
- Marmite en fonte
- Plaque à rôtir
- Poêles à fond antiadhésif (une grande et une petite)
- Wok (éventuellement)

Couper

- Aiguiseur à couteaux
- Couteau économe
- Gros couteau dit « éminceur »
- Petit couteau
- Petite planche à découper en plastique

Mélanger

- Saladiers
- Cuillères en bois
- Fouet
- Spatules

Divers

- Batteur électrique
- Essoreuse à salade
- Ficelle de cuisine
- Mixeur
- Passoires (une fine, une plus grosse), ou chinois
- Rouleau à pâtisserie
- Verre-doseur

Table des recettes

Retrouvez en couleur la « recette pour épater ».

Table des matières

Ma recette qui dépote...

> Les ingrédients du confort DolceVita

- Une cuisson savoureuse
- Une chaleur douce et enveloppante
- Une eau toujours chaude

DolceVita, la recette de votre bien-être !

Des petits plats savoureux et moelleux à souhait, une chaleur douce conjuguée à un air sain, une eau chaude abondante et à température constante… Avec DolceVita de Gaz de France, profitez chaque jour des plaisirs et du confort de vie de votre maison.

> Le conseil de DolceVita

Faites des économies d'énergie !

Pour limiter le temps de chauffage et faire des économies d'énergie, mettez un couvercle sur vos casseroles. Pensez aussi à adapter vos récipients à la taille des brûleurs pour éviter de chauffer inutilement !

Cuisson : choisissez la simplicité

• Une cuisson sur mesure : souple et modulable, intense et sûre, **la flamme vous obéit instantanément**. Vous pouvez saisir en toute puissance, mijoter délicatement, cuire moelleusement…

• **Le + santé** : les aliments cuits au gaz naturel conservent toutes leurs saveurs et leurs qualités nutritionnelles !

• Des matériels innovants : équipez-vous de **brûleurs spécifiques** comme le brûleur wok pour réussir les recettes exotiques ou les confitures, le mijotop pour les préparations délicates, les poissonnières pour une cuisson uniforme des poissons ou des grands morceaux de viande…

Chauffage : privilégiez le confort

• DolceVita, c'est votre bien-être au quotidien : un chauffage sur mesure, des **équipements fiables, performants et économes en énergie** et une chaleur enveloppante.

• **Le + santé** : un chauffage au gaz naturel vous assure une chaleur douce et homogène, préservant la qualité de l'air que vous respirez.

Eau chaude : profitez d'une température et d'un débit constants

• Avec DolceVita, vous disposez **d'une eau chaude toujours disponible** et à la bonne température. Vous pouvez compléter votre installation d'un **chauffe-eau solaire** : vous consommez alors une énergie gratuite, celle du soleil !

POUR EN SAVOIR PLUS SUR DOLCEVITA DE GAZ DE FRANCE
Appelez votre Conseiller Gaz de France au :
0 810 800 801 *(Prix d'un appel local depuis un poste fixe)*
ou connectez-vous sur le site : **www.gazdefrance.fr**

Gaz de France
Dolcevita

Remerciements

Merci à Lissa et Rina pour les photos qui nous mettent l'eau à la bouche.

Laurence du Tilly

Merci à Laurence du Tilly pour ses recettes « emballantes », riches en variété visuelle et en goût (eh oui, on goûte, nous aussi !). Du pur bonheur pour toute l'équipe!
Merci à Marie pour sa gentillesse, son aide et ses jolies mains.
Merci à Julie.
Merci à Brigitte Eveno, notre chef d'orchestre, qui sait si bien maintenir la cadence avec douceur.

Lissa Streeter et Rina Nurra

Lissa Streeter remercie les boutiques suivantes :
Bambu chez A. Simon : p. 38 (ramequin) ; CFOC : p. 86 (set) ; Deshouliers chez Le Printemps : p. 88 (bol) ; Habitat : pp. 12 (assiette), 25 (plateau), 44 (assiette), 93 (assiette) ; Kahla chez Le Bon Marché : p. 20 ; La Chaise Longue : p. 105 ; La Graineterie du Marché d'Aligre : pp. 31 (assiettes et bols en émail), 46 (assiette en émail) ; Le Bon Marché : pp. 11 (ramequins), 34 (assiette) ; Marengo chez Zero One One : p. 62 (assiette) ; Nick Membery (www.kitchen-pottery.co.uk) : pp. 37 (bol), 109 (bols) ; Passé Simple (Manigod, Haute-Savoie) : p. 79 (bol) ; Sentou Galerie : p. 32 ; Victoria and Albert Museum (Londres) : p. 70 (bol).

Toutes les photos de reportage ont été réalisées par Philippe Vaurès-Santamaria.

Direction, Jean-François Moruzzi et Pierre-Jean Furet
Responsable éditoriale, Brigitte Éveno
Conception graphique, Dune Lunel
Réalisation, Les PAOistes
Préparation de copie et corrections, Anne-Fleur Drillon
Fabrication, Amélie Latsch
Partenariats, Sophie Augereau (01 43 92 36 82)

L'éditeur remercie Christine de Geyer pour son aide précieuse.

Imprimé en Espagne par Graficas Estella - dépôt légal : septembre 2008
ISBN : 978-2-01-23-7441-6 • 23-01-7441-01-1